JN015082

旅人の本

TABIBITONOKI

Minowa Kaoru

箕輪カオル句集

ふらんす堂

序

箕輪カオルさんと初めて近しくお会いしたのは、平成二十年末のこと。NHK文化センター柏「土曜俳句」教室の受講者の一人がカオルさんだった。この教室は、故伊藤白潮「鴫」主宰が長く講師を務めてこられたが、平成二十年八月に急逝されたため、短期間を戸田和子さんが、またその後を私がお引き受けすることになったのである。

カオルさんは当時すでに「鴫」の同人で、「土曜俳句」では十年近く白潮師の薫陶を受けておられた。山歩きが好きで、ことに植物に詳しいこと、書に長けていることは仲間によく知られていた。

カオルさんの、自然に親しむ姿、自然に溶け込みながら身辺を素直に描写する句は、はじめからとても新鮮で魅力的だったが、その後の成長ぶりは実にめざましく、平成二十七年に鴫賞受賞。そして嬉しいことに、この句集上梓となった。

開 運 の 橋 よ り 拝 す 初 岩 手

岩手から寒くないかといふ電話

ふるさとはいつも暮れいろ杜鵑草

福寿草もとより里は大家族
鬼灯を鳴らしたね下駄とばしたね
父あらば採つてゐるころ山葡萄
母の手の包みたるやう春玉菜

たいへんもの静かな印象のカオルさんは岩手県一戸のご出身。望郷、そしてご両親の慈愛への感謝が切々と伝わってくる句群だ。

春の星明日は異動の内示かも
面脱ぎしアンパンマンは汗の爺
寒夕焼迎へが来ても帰らぬ子
搗きあがるころの餅つく園児かな
紙風船叩けば生るる半濁音
せがまれて栗茹でる間の七並べ
音階の無くてたんぽぽ笛苦し

保育士としての職場を三十年余勤めあげたカオルさんである。自身も子育てをしながらの生活は、御夫君の協力があってもなかなかたいへんだったであろうと推察する。園児やお孫さんなど、子供たちの姿にかかわる句はあたたかく、しかも確かな観察の眼が光っている。四句目〈搗きあがる〉の句は、保育士たちがあらかた搗きあげた餅を園児たちに搗かせてあげている景。喜ぶ園児たちの姿が見え、声も聞こえて、保育園の現場にいた作者ならではの、臨場感に満ちた句。

顔真卿折帳に書く初稽古
墨液をうすめてをりぬ遠花火
漱石忌実用小筆買ひにけり

これらは、カオルさんがやはり長く学んでこられた書道にまつわる句。端正な文字を書かれる作者は、なにごとにも丁寧に地道に向き合ってきた。

さて、いつも落ち着いた雰囲気のカオルさんとその句だが、この句集にはもうひとつの味、ユーモアに満ち、ここぞという時にはきちんと自らを語るカオル句も多いことに注目したい。

腕まくる達磨落しの宿浴衣
自転車に冬瓜待たす小半日
奥のもの大きく見ゆる秋刀魚買ふ
大は小を兼ぬるお端折り宿浴衣
ありていに言へばふとつちよとこよむし

ふっと笑いを誘われるこうした句を読むと、やはり保育士カオルさんらしいと思わずにはいられない。かろやかで爽やかな独得のユーモアと言えばよいだろうか。また、

あやまる気更々なくてソーダ水
むさくさのわたしの中の羽抜鶏
聞き役はもつぱらわたし蓼の花

などは、ずばりと自分を出しながら、可笑しみがあり、共感が持てる。こんなカオルさんがいるのだと、少し驚かされるのも楽しい。

カオルさんの横顔を句に沿ってご紹介してきたが、カオル俳句の本領はやはり自然を詠うところにある。
人事句が多く作られる「鴫」にあって、厳しい指導、ことに叙景句には厳しかった白潮師のもとで、カオルさんは辛抱強く自然を詠むことに努力を重ねられた。山歩きはもとより、旅も散歩も吟行も好き、もっぱら自分の足で歩いて作句してきたようだ。

山霧はカーテンコール繰返す
やはらかに砂躍らせて山清水
大夏野分岐に牛の塩くれ場
鶺を止めてぽつんと沼のはぐれ杭
山道の日のくなくなと枯蟷螂
「旅人の木」に会ふ旅の温室に
たたみくる風の肌理なる鰯雲
風返峠三叉路きぶし咲く
さはやかやドレミファ橋をくぐる水

眼に染むや鳴虫山の芽落葉松

などの句にはその成果が明らかといえよう。わけても七句目〈たたみくる〉の句の清新な感性と個性的な表現には感じ入った。また八、九、十句目の句で、「風返峠」「ドレミファ橋」「鳴虫山」の固有名詞が巧みに詠みこまれているのもおもしろい。

そしてさらに、樹木や花を詠むとき、カオルさんの、さりげないようで緻密な言葉選びの力が存分に発揮される。

樅の名に太郎と次郎あたたかし
やぶがらし花咲きてよりいたはらる
いちどきのむらさき淋し花菖蒲
山の日を大きくのせて朴の花
散るときは花底たたむ木槿かな
新しき今を重ねて落椿
逃げやすき夕日とどめて烏瓜

人知れず屁糞葛の花ざかり

日のおよぶ花にあらねど延齢草

さらりとした句柄、まるで話しかけるようなこれらの句には、対象へのひと通りでない慈しみと敬意が感じられる。こうして詠まれた木や花たちはきっと喜んでいるに違いないし、読者もまたしみじみと心癒されるのだ。
俳句は自然、とりわけ日本の四季と深くかかわる文芸である。カオル俳句はそのかかわりを今後もまず大切に、ますます句境を深めてくださることと信じている。

令和五年八月

髙橋道子

旅人の木＊目次

句集

旅人の木

箕輪カオル

第一章　カーテンコール

（平成十三年〜二十二年）

開運の橋より拝す初岩手

まづ栞紐整ふる初日記

顔真卿折帳に書く初稽古

初仕事弁当買ひに走りけり

餅花の下に置きあるいづめかな

餅花や板間の奥のおしら様

兄いもと他人行儀の賀詞交はす
春の星明日は異動の内示かも

しやぼん玉雨情生家に海の風
小物屋のはにかむ媼うららけし

せせらぎの音ととのへて山笑ふ

樅の名に太郎と次郎あたたかし

春灯や阿修羅の影は梵字めき

はみ出して碁盤にあそぶ五人囃子

啄木の新婚の家諸葛菜

青空の下に屈みて土筆摘む

空海忌北京歩きのための靴

鼻穿る羅漢もをりて暖かし

風返峠三叉路きぶし咲く

げんげ田の水路は今もこれからも

花の塵八一の歌碑へこぼれけり

桜咲くさくらに天守座すやうに

細尾根に風湧き止まず富士桜

石室の闇に黙して雷を聞く

窓しめて川音閉づる宿浴衣

ほととぎす三点確保解きにけり

出しぬけにべろ出す蛇と向き合ひぬ

四十雀木の葉こぼるるやうにとぶ

下駄箱のいろはにほへと青簾

夜あそびをしてをられますはたた神

玄関に鳥獣戯画の扇子かな

たむけやま五月の風の走りけり

大きこゑ大き筍もて現るる

筆先のやうなる蕾花菖蒲

熊笹の樺にかはる登山道

墨液をうすめてをりぬ遠花火

不整脈宣告さるる日の盛

山に来て山探しをり霧時雨

やさしさに妬けてくるやうあきあかね

秋澄むや手話におぼえる手話のうた

山霧はカーテンコール繰返す

やぶがらし花咲きてよりいたはらる

城跡の盗人萩につかまりぬ

風の盆　四句

石段に宵を待ちをり風の盆

虫の声絶えて胡弓の流れ来る

上がる手をぴたりと止めて踊り笠

鍵盤のごと雑魚寝して秋おわら

どっちの手にどんぐりあるかうふふふふ

長き夜の日記もながくなりにけり

父あらば採つてゐるころ山葡萄

五合目の小屋失せてをり鳥兜

芋虫の重たき音に落ちにけり

げんこつを開けば丸しとべらの実

茸そここ此処の山不老の山

岩手から寒くないかといふ電話

冬日向母はきいちのぬり絵かな

石仏に荷をあづけをり木の葉雨

鯖街道蕪畑を貫けり

熱燗や食器持参の坊泊り

冬空を掛け合ひのごと鳶の笛

恐竜の胎内くぐり冬ぬくし

小六月実篤邸に笊干され

ちちははの父母もゐて七五三

決心をポストに入るる今朝の冬

一茶の忌をんな寄りけりゆば料理

漱石忌実用小筆買ひにけり

ちりめんに包まれて来し寒の餅

かたまりて荷物のやうな小白鳥

第二章　ドレミファ橋

（平成二十三年〜二十六年）

初筑波一碧の空ゆるぎなし

休診に急診を乞ふ初電話

福詣三角点の待乳山

春日沁む子規の机と硯箱

ふつくりと風の重さに牡丹雪

風光る一本の川見ゆる句碑

見てみたき寄生木の花鳥の恋

護摩の火のたかぶりにゐて春愁

ふるさとの川ふるさとの花なづな
禅寺に来てまんさくの花ざかり

かたくりの花に屈めば通り風

男らの鼻まつかなる野焼かな

母の手の包みたるやう春玉菜

立雛を看板にして下駄屋かな

わいわいと一人静をとりかこむ
分度器と定規ひよっこり葱坊主

肩肘を張らぬがよけれ糸柳

釣り人を待てる単車か花吹雪

きはやかに蛇の横切る女坂

土砂降りのやうな音立て小滝かな

日頃から涼しい顔と言はれをり

髪洗ふ母カチューシャがお気に入り

あやまる気更々なくてソーダ水

通り名の蠅取草と教へらる

山清水おうな薬草洗ひをり

腕まくる達磨落しの宿浴衣

面脱ぎしアンパンマンは汗の爺

やはらかに砂躍らせて山清水

弱音捨てきれないわたし心太

虹立ちて静かに眼鏡外しけり

そば食うて涼しく去りぬ柏原

小魚を夏炉に炙る漢かな

手枕を解く涼しさありにけり

山里の水音止まぬ花山葵

咲くまでは俯くばかり罌粟の花

ぼうたんを咲かせ車の修理工

山雨きて渓蓀に色をこぼしゆく

緑さす秩父赤壁賢治の碑

ふくらみは母の面差し風鈴草

桑の実や真田六文銭の旗

いちどきのむらさき淋し花菖蒲

五重塔四葩の海に溺れけり

にはかなる天の打ち水父の墓

平皿にあぢさゐ盛らるる羅漢洞

壊すことできぬ静けさ苔の花

山の日を大きくのせて朴の花

銅鑼焼に漢字そぐはぬ盛夏くる
むさくさのわたしの中の羽抜鶏

駒草と風に震へてゐたりけり

芒野は風の貯蔵庫かもしれぬ

何気なく止まることも鰯雲

さはやかやドレミファ橋をくぐる水

蕎麦の花小流れ今も水車から

鬼やんま旧知のやうに来るはくるは

心配のしがらみをとる数珠子とる

鬼灯を鳴らしたね下駄とばしたね

聞き役はもつぱらわたし蓼の花

自転車に冬瓜待たす小半日

きちきちの競技場かも岩畳

ミステリーめく八月の夜行バス

散るときは花底たたむ木槿かな

鳳仙花しづかにこぼれゆく記憶

コスモスの揺れを挿したる乳母車

そぞろ寒小籠包の汁とばす

箸置は魚のかたち栗ご飯

薬局の調剤まだか栗拾ふ

奥のもの大きく見ゆる秋刀魚買ふ

曖昧な数の若干くわりんの実

息災の褒美のやうに木の実降る

山と山繋ぐ紅葉の煉瓦橋

栃の実や夫はいつもうしろから
幼子の「なんでどうして」十三夜

秋時雨いよいよ白き白樺

落葉して笑まふおさうぢ小僧像

軽さうに重さうに朴散りにけり

よき音の方へ方へと落葉踏む

酒あとのコッヘルに盛る根深汁

粕汁に嫁御おほきく頷けり

としへに冬日のやうな孔子像

ひと恋ふはこころ急くこと竜の玉

ゆるみなき風を力に冬木の芽

にこやかな地蔵逃げさう雪囲

あたらしき味噌蓋開けて冬に入る

工房の揺れぬゆり椅子花八つ手

寒晴やメタセコイヤの肋骨

雪吊の縄を引きあふヘルメット

第三章　白檜曽

（平成二十七年〜三十年）

アトピーの児の膚さすり賀状読む

竹籠に七草すゑて百花園

餅花や土間に竹かご雲間草

タクシーは椿へ走る島走る

春しぐれ烏丸通りを北上す
柴漬の平包み買ひあたたかし

しやぼん玉吹くさもやさしさうな風

川音を雨かと思ふ旅朝寝

新しき今を重ねて落椿

舟形に畳まれてあり紙風船

さきざきの色は知らねど牡丹の芽
窮屈に咲いて明るし花ミモザ

春寒の気休めに持ち歩く飴

悔い先に立たずひよつくりふきのたう

調度なき部屋にあこがる君子蘭

墨壺に立雛のせて金物屋

大仰なことよ地獄の釜の蓋

眼に染むや鳴虫山の芽落葉松

菜の花に染めてみようか旅衣

学校の羊が鳴いて花の雲

春蟬の耳をはなれぬ雑木山

鉛筆にキャップ懐かし啄木忌

花どきや音の触れ合ふ陶器市

花の雲いつもどこかが揺れてゐる

先々の橋を隠して花万朶
水の鳴る方へ靡きて二輪草

立つてゐるだけの語り部大桜

雪残る中庭見せて絵本カフェ

木洩れ日にわづかな湿り浦島草

花は葉にすはスリランカカリー店

ゆりの木に大き涼しさありにけり

切株に座りて蟻の巣を塞ぐ

葛飾の雨に買ひたる水中花

甘酒や尻のおもたきマグカップ

Xの符号めきたる水馬

大は小を兼ぬるお端折り宿浴衣

心拍をたまに確かむ浮人形

あやふやを答へてしまふ破れ傘

透き通る水の暗みに糸蜻蛉

夏帽を膝に抱きたる映画館

木戸門の風鈴直す警備員

窓越しにカヤックを見る氷菓子

大夏野分岐に牛の塩くれ場

山百合のその静けさの古墳かな

湧くごとく烟るごとくに花樗

噎せるほどにほほふ湖畔の針槐

六月の水音ふくらむ棚田かな

さういへば睫がいのち美女柳

球場の昼のしんかん枇杷熟るる

油性ペンきゆきゆつと泣かす梅雨夕焼

ひとり碁を打つ夫のゐて油照

帚木の非の打ちどころなき丸み

団子屋に九官鳥と惜しむ夏

白檜曽の匂ふとも霧にほふとも

新涼や稜線まろき大菩薩

屋敷神に盛り塩ひとつ稲の秋

静寂を搾へてゐるばつたんこ
湧いてきて鰯雲にはなりきれず

千五百羅漢の寂や昼ちちろ

岩ふたつ並べば夫婦草の花

いちはやく盗人萩をとらへけり

夕顔の実半分尻を貰ひけり

風が来て泡立草の黄をしぼる

虚子像になんぢやもんぢやの実の零る

のしかかる山影釣瓶落しかな

きつねのかみそり途切れくる法螺貝の音

ふるさとはいつも暮れいろ杜鵑草

コスモスに立てばたやすく淑女かな

しづかなる国土地理院鴨の声

野火止の水より湧きぬ芋嵐

水引はしづかなる花ふゆる花
釣舟草をとこの指が漕ぎにけり

秋澄むや砥石買ひたる合羽橋

能面はわづか口開く新走

裏山に縄文遺跡栗拾ふ

逃げやすき夕日とどめて烏瓜

茄子の馬日に日に痩せてしまひけり

三歳児より敬老の日のはがき

降るといふ言葉たのしや木の実降る

山荘は男の厨きのこ汁

人知れず屁糞葛の花ざかり

冬日さす硝子ケースの賢治のセロ

片足の太く短き冬の虹

冬帽子歩き疲れてよく喋る

買ひ出しの夫を待ちたる蕪汁

浦山の風が育てし冬苺

静かなる音をあつめて落葉山

川沿の小径にぎはふ酢茎桶

寒夕焼迎へが来ても帰らぬ子

星空の輝いてゐる寒さかな

山の気の力たしかに冬木の芽

おつ切り込み炉話に囲まれて

「旅人の木」に会ふ旅の温室に

落し物めく海原の冬鷗

今日泊まる島に灯がつく冬の雁

冬天へトランペットのかすれかな

蒲団干すカンボジアから帰る子の

石蕗咲いて崎にイタリア料理店

寂光院の塀よりのぞく花八つ手

大原の畑あをあを片時雨

小春日やハーケン光る屏風岩

熨斗紙のやう藪巻に花結

ひたち野に奈良漬を買ふ日記かふ

縦書きを憚るクリスマスカード

搗きあがるころの餅つく園児かな

一滴の墨すり上ぐる寒の水

春近し子の手の軽きせつせつせ

第四章　延齢草

（平成三十一年〜令和四年）

金剛神阿吽一対なる淑気

厨房のくすみに据うる飾臼

福寿草もとより里は大家族

沸々と小さき噴火小豆粥

平石を重ねし墓標山笑ふ

紙風船叩けば生るる半濁音

雑巾を縫ふ真白も春心

音階の無くてたんぽぽ笛苦し

横井戸の暗がり覗く白椿

一水のこゑ洩れゐたる焼野かな

雨の綺羅とどめて谷戸の梅真白

早春の小舟けたけた笑ふ波

小流れは鼓動のしらべ楓の芽

静けさの極み木五倍子の花ざかり

雑巾に名前を書いて進級す

諸葛菜折り合ふことば探さねば

川へ身を乗り出す河津桜かな

橋板にかがめば蝌蚪の水うごく

花あしび日差しさめゆく午後の風
宅配に届く虹色チューリップ

春惜しむ切手一枚残しては

日のおよぶ花にあらねど延齢草

牡丹の詞を秘めしごと蕾

葉桜の影のふくらみ羊啼く

聖五月切手夢二の花図案

古沼に雲を湧かせて行々子

小浅間に隠るる浅間遠き雷

柏槙の老木にゐて涼しかり

角立たぬものあるとせば先づ海月

沼の面は大鷭のみち風のみち

大降りやわが身だんだん蝸牛

鵜を止めてぽつんと沼のはぐれ杭

みちのくの雑穀うかむ一夜酒

かたつむり二泊三日の飼育箱

我が膝を玉座のごとく天道虫

小回りの利くコミュニティバス涼し

コロナ禍の今しんしんと柿若葉

黒百合の暗き色ゆゑ人目ひく

裁ち板は母の文机金魚玉

鬼瓦に笛吹く天女大夕焼

雨の日は雨を背負うて登山の荷
羽抜鶏一も二も無く駆け出せり

剝がれゆく雲を間近にお花畑

持て余すエルメスの皿パリー祭

子山羊らの角の突き合ひ夏旺ん

染糸を吊す竹竿秋気澄む

たたみくる風の肌理なる鰯雲

小走りは急くには非ず石叩

身に入むや横たはる術なきキリン

馬二頭のみの牧場カンナ燃ゆ

喩ふればミッキーマウス帽子花

零余子採る蔓うごかさぬやうにとる

限りなく零れて萩の花ざかり
桔梗の花に静脈ありにけり

陰日向なくていちめん蕎麦の花

ありていに言へばふとつちよとこよむし

根に籠る小さきぬくもり思草
街灯の潤みおしろい咲き揃ふ

水切のやうな跳躍鴨渡る

脱穀の響きに遭へり匂ひけり

「おう」といふのみの出合ひや秋の蛇

ハイカーに西瓜もてなす樵かな

ゆり椅子に漁火届く夜長かな

雨降れば雨金色に銀杏散る

せがまれて栗茹でる間の七並べ

古墳塚いまし狸を見たやうな

薪積むも冬菜を吊るも宿場町

枯木宿先づ日当たりを誉めにけり

城塞に開かずの武器庫実千両
息白くして霊水を汲みにけり

山裾を真つ白な帯冬霞

青べかの町に駄菓子屋冬ぬくし

宝くじ買うていよいよ隙間風

眠る山より人の声水の声

水皺を壊さぬやうに浮寝鳥

侍るもの持たぬがよけれ寒の月

たまりの間に鉄瓶ふたつ箱火鉢

枯葉踏む音みな違ふ愁ひかな

ことごとく風音ひろふ枯木立

山道の日のくなくなと枯蟷螂

しろがねの雲より日差し枇杷の花

断崖の肩に日当たる冬紅葉

紅鶴の泥土に立てり冬立てり

京に来てベトナム料理小夜しぐれ

尖りくる風に色めく麦芽かな

小春日の城址菓子つき紙芝居

小気味よく叩く俎板十二月

テレビ電話ただ手を振つて年惜しむ

あとがき

「旅人の木」に会ふ旅の温室に

句集名はこの一句からとりました。千葉市花の美術館での吟行句です。句集名とするにあたり、もう一度この木を確かめたくなりました。あいにく、千葉市花の美術館は臨時休業中でしたので、筑波実験植物園を訪ねました。丁度、居合わせた園の方に話を聞くことができました。

「旅人の木は、日本の芭蕉とは違って、ゴクラクチョウに似た白い花を咲かせる。どうして旅人の木と呼ばれるかというと、一つは、東西に扇形に広げる木で旅人がそれで方向を判断した。もう一つは、葉柄に溜まった雨水を飲んで喉の渇きを癒した。」等々、詳しく話してくれました。その上、収穫した貴重な種子を見せてもらいました。コバルトブルーの宝石のように美しい色です。

吟行という旅先で、旅人の木に出会った偶然に一句を得ることができました。句を作るのはいっときでも、そこに至るまでの時間は楽しくもあり、大切にしたいことです。

平成十一年四月、ＮＨＫ柏文化センター土曜俳句講座生となりました。以来、「鴫」俳句会にお世話になっています。ここに「鴫」誌に投句した、平成十三年から令和四年までの作品を三四九句に纏めました。

作品を整理しながら、自分の未熟さを含めて懐かしく思い出されました。俳句を詠むことで、自分の気持ちと向き合い、それが元気の助けにもなってきました。これからも句友のみなさんの力を借りながら、俳句に親しんでいきたいと思います。

この句集を上梓するにあたり、髙橋道子名誉代表には温かい助言をいただきました。また、選句と序文をお願いいたしました。心からお礼申し上げます。

令和五年九月　　　　　　　　　　箕輪カオル

著者略歴

箕輪カオル（みのわ・かおる）

昭和21年　岩手県一戸町生れ
平成13年　「鴫」入会
平成16年　「鴫」同人
平成25年　鴫新人賞受賞
平成27年　鴫賞受賞

俳人協会会員

現住所
〒270-1132　我孫子市湖北台10-1-13

句集　旅人の木　たびびとのき

二〇二三年一一月三〇日　初版発行

著　者――箕輪カオル

発行人――山岡喜美子

発行所――ふらんす堂

〒182-0002 東京都調布市仙川町一―一五―三八―二F

電　話――〇三（三三二六）九〇六一　FAX〇三（三三二六）六九一九

ホームページ http://furansudo.com/ E-mail info@furansudo.com

振　替――〇〇一七〇―一―一八四一七三

装　幀――和　兎

印刷所――日本ハイコム㈱

製本所――㈱松岳社

定　価――本体二八〇〇円＋税

ISBN978-4-7814-1609-0 C0092 ¥2800E

乱丁・落丁本はお取替えいたします。